ROBERT DELPIRE
ANDRÉ MARTIN

VON HERZEN

Besonderen Dank gilt folgenden Sammlern und Museen:
Jean Henri.
Michele Kerneis.
A. Texier.
Sonkin.
Humbert.
Musée alsacien, Straßburg.
Musée de Honfleur.
Musée des Art et Traditions Populaires, Paris.
Musée des Arts Decoratifs, Paris.
Musée de la Feronnerie, Rouen.

(c) 1977 by Robert Delpire und Andre Martin.
(c) 1977 für die Ausgabe in französischer Sprache
by Obsidel, Paris.
(c) 1977 für die Ausgabe in deutscher Sprache
by Verlag Dieter Fricke GmbH, Siesmayerstraße 10,
D-6000 Frankfurt 1.
Alle Rechte für alle Länder vorbehalten.
Printed in France.
ISBN 3-88184-012-5.

Jeglicher Abdruck, auch auszugsweise, nur mit
schriftlicher Genehmigung.

Das Herz, von Menschenhand gezeichnet, ist nicht das Abbild des Herzens in unserer Brust; es ist ein Symbol und ändert sein Erscheinungsbild von einer Kultur zur anderen. Die Ägypter stellten es als Gefäß dar; als „Herz-Auge" findet es sich in der Bilderschrift vieler Völker des Altertums.

Dieser Muskel, der den Hohlkörper eines 260g schweren inneren Organs umschließt, dieser schwammgleiche Motor, den man purpurn und stetig pulsierend in den Filmen über Herztransoperationen zu sehen bekommt, ist immer etwas ganz anderes als das Herz, das Verliebte auf Wände kritzeln.

Herzensfreude oder Herzensqualen, Herzensglück oder Herzenskummer sind Gründe für derlei Tun. Naturgetreue Wiedergabe des menschlichen Organs findet nicht statt. Es erwachen vielmehr die ersten Anfänge der Schrift spontan zu neuem Leben: Elemente der Bilderschriften entstehen, Hieroglyphen. Niemand sieht in diesen Zeichen ein Abbild der zentralen Pumpe, die unser Inneres beherbergt, die einstmals der Sieger dem Besiegten aus der Brust riß, und die heutzutage von Chirurgen aus dem menschlichen Körper wie aus einer Karosserie herausmontiert wird, um Defekte zu beheben oder Pannen zu kaschieren.

Das Symbol des Herzens, wie es manche in die Rinde kerben, ist nicht das ungelenke Abbild einer rhythmisch arbeitenden Antriebskraft, die gleichmäßig im Takt arbeitet und manchmal auch wild und ungestüm ist.

Worum es geht, ist das Sinnbild für die Strömungen, die der verborgene Beherrscher Mitte, in der Gestalt eines inneren Organs, aus dem Herzen sendet, jener Bewohner des Atems, den in Theben eine Inschrift aus dem Alten Reich als im Innern wohnende Gottheit ausweist: „Daß du doch die Ewigkeit in Herzenssanftmut durchqueren könntest, in der Gnade des Gottes, der in dir ist."

Jenes arabeske Herz hinterläßt seine unverwischbaren Spuren in Sgraffiti, in der Spalte eines Kerkers und auf Tapetenpapier aus Leder, in der Backform des Bäckers und auf dem Anhänger beim Goldschmied; es ist niemals das Herz, das nur sich hört, das nur in sich und für sich schlägt wie ein egoistisches Metronom.

Das allegorische Herz rührt uns, weil es fliegt und herumflattert, einem Reisenden gleich, der eilt, eine Botschaft zu überbringen. In der Sprache der Blumen ist das fliegende Herz als Blume des Lebens die Blume aller Blumen.

Mit Rosen oder Winden geschmückt, von Pfeilen oder einem Dolch durchbohrt, lichterloh brennend oder rein wie die Unschuld, hat es — klein und beweglich — stets einen geheimen Auftrag zu erfüllen.

Das menschliche Herz beauftragt sein Zeichen gewordenes Double, weil es einem mutigen Zugvogel gleicht; von sich weiß es, wie unermüdlich und stetig es wacht, groß wie eine Faust, ein kleines Löwenherz, das den Körper beherzt macht.

Das Herz: die einzig genaue Uhr, um das Zeitmaß zu messen, jene augenblicklich greifbare Zeit, die sich selbst niemals gleicht, aber dem, was wir sind, immer treu bleibt, was bedeutet, daß sie beständig und veränderlich ist. Aber das Herz ist auch unendlich bescheiden, weil es sich unendlich zerbrechlich fühlt in seiner Unwissenheit, weder jemals zu erfahren, wann es aufhören wird zu schlagen, noch, an welchem Tag die unsichtbare Hand vergessen wird, es wieder aufzuziehen.

Ob ihm das Herz schwer ist oder ob es aus vollem Herzen lacht, ob eine Unbeständigkeit ihm das Herz bricht oder ein Freund ihm das Herz ausschüttet, immer ist das Herz bedacht, den anderen schlagenden Herzen mit seinem Wappen huldvoll eine Botschaft zu übermitteln, so banal, daß es wagt, sie gleichermaßen durch eine „naive" Zeichnung wie mit „wissenschaftlichem" Vokabular auszudrücken: das Universum hat vielleicht weder Mittelpunkt noch Herz, aber jeder einzelne seiner Bewohner besitzt ein Herz — vielleicht das gleiche?

Claude Roy

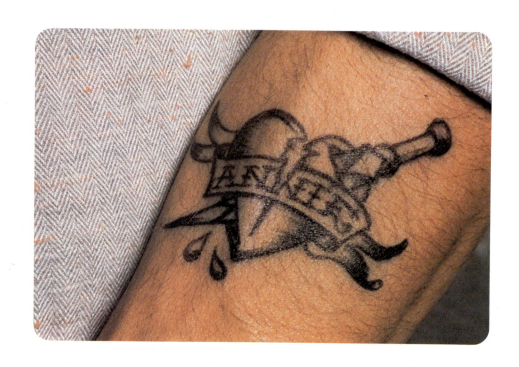

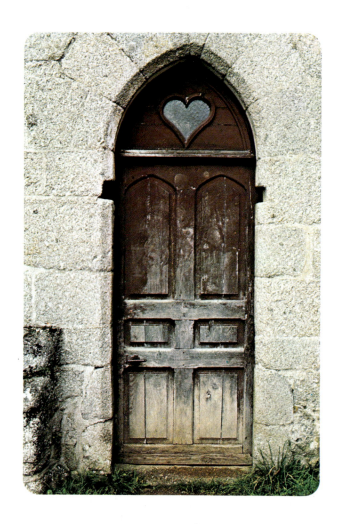

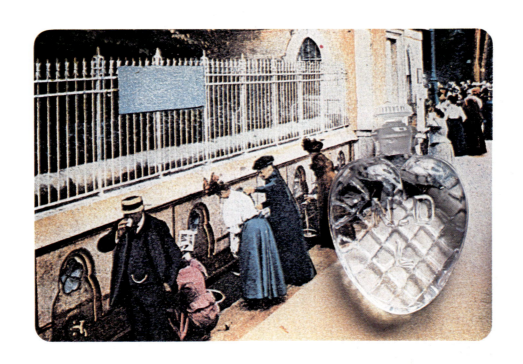

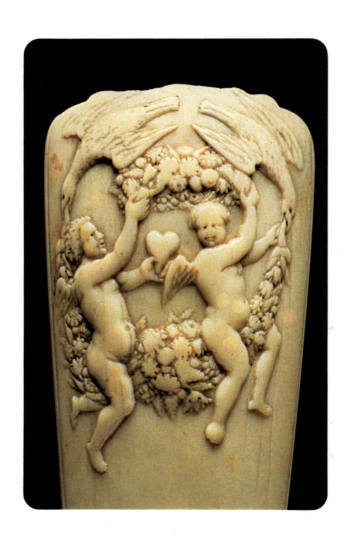

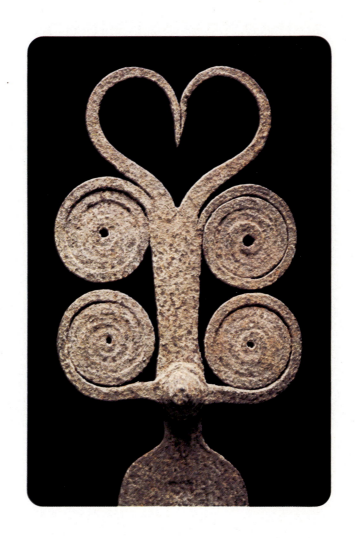

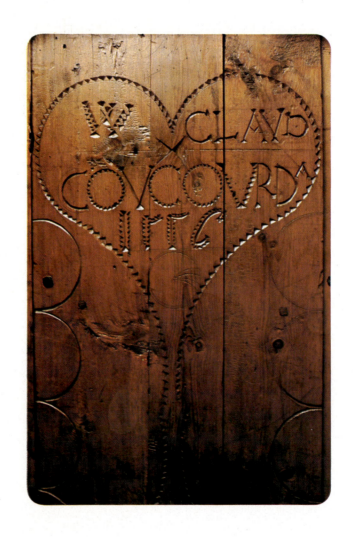

	Titelbild: Steindruck	39	Schild. Paris.
1	Tor. Lorraine.	40	Tür. Limousin.
2	Postkarte.	41	Christus. Bourgogne.
3	Uhr.	42	Tür. Loiret.
4	Teigform.	43	Reliquie mit Wasser aus Lourdes.
5	Anhänger.	44	Friedhof. Oise.
6	Steindruck.	45	Hausgiebel. Oise.
7	Beißring.	46	Hobel.
8	Tätowierung.	47	Schornstein.
9	Briefbeschwerer.	48	Schafsmal.
10	Steindruck.	49	Ex-voto.
11	Büstenhalter.	50	Postkarte.
12	Nadelkissen.	51	Webkamm.
13	Brosche.	52	Teller.
14	Postkarte.	53	Friedhot. Oise.
15	Backwerk.	54	Anhänger.
16	Hefegebäck.	55	Zinnbüchse.
17	Teller.	56	Brosche.
18	Sgraffitti.	57	Tabakraspel.
19	Kuchenform.	58	Buchsbaumtür.
20	Löffelbord.	59	Tür. Aisne.
21	Tür. Vexin.	60	Tür. Bourgogne.
22	Postkarte.	61	Faß.
23	Tintenfaß.	62	Postkarte.
24	Anhänger.	63	Gebäck.
25	Hochzeitskoffer.	64	Klöppelbrett.
26	Schaumlöffel.	65	Tür. Loiret.
27	Käse.	66	Postkarte.
28	Teigförmchen.	67	Sgraffitti.
29	Rückenlehne von Sessel.	68	Teigförmchen.
30	Abzeichen.	69	Käseform.
31	Abdruck von Türschloß.	70	Hochzeitskoffer.
32	Haken.	71	Kesselhaken.
33	Knieschützer.	72	Brezel.
34	Postkarte.	73	Schlüsselloch.
35	Flitter aus Stoff.	74	Hochzeitssessel.
36	Streichholzbüchse.	75	Baumkerbe.
37	Stickerei.	76	Postkarte.
38	Bretonische Gürtelschnalle.		Rücktitel: Steindruck.

In gleicher Ausstattung erschienen folgende Bücher:

Handmade Houses — Von der Kunst der neuen Zimmerleute.
Von Art Boericke und Barry Shapiro.

The English Sunrise.
Von Brian Rice und Tony Evans.

Fassade — Ein Jahrzehnt in der kommerziellen Architektur.
Von Tony und Peter Mackertich.

Nazi-Kitsch.
Von Rolf Steinberg.

Bilder die fahren — Lastwagenkunst in Afghanistan.
Von Jean-Charles Blanc.

Lost Glory — Eisenbahn in Amerika.
Von Ian Logan.

OfenBuch
Von Jo Reid und John Peck.

In Vorbereitung:
Handmade Houses — Weiterer Teil.
Von Wolfgang Ebert.

In Vorbereitung:
Fliegendes Personal — Über Fahrgestelle und Girl Art.
Von Ian Logan und Henry Nield.

Verlag Dieter Fricke
Siesmayerstraße 10
D-6000 Frankfurt 1
(Lieferung über den Buchhandel)